JN162456

Mから貰った時間

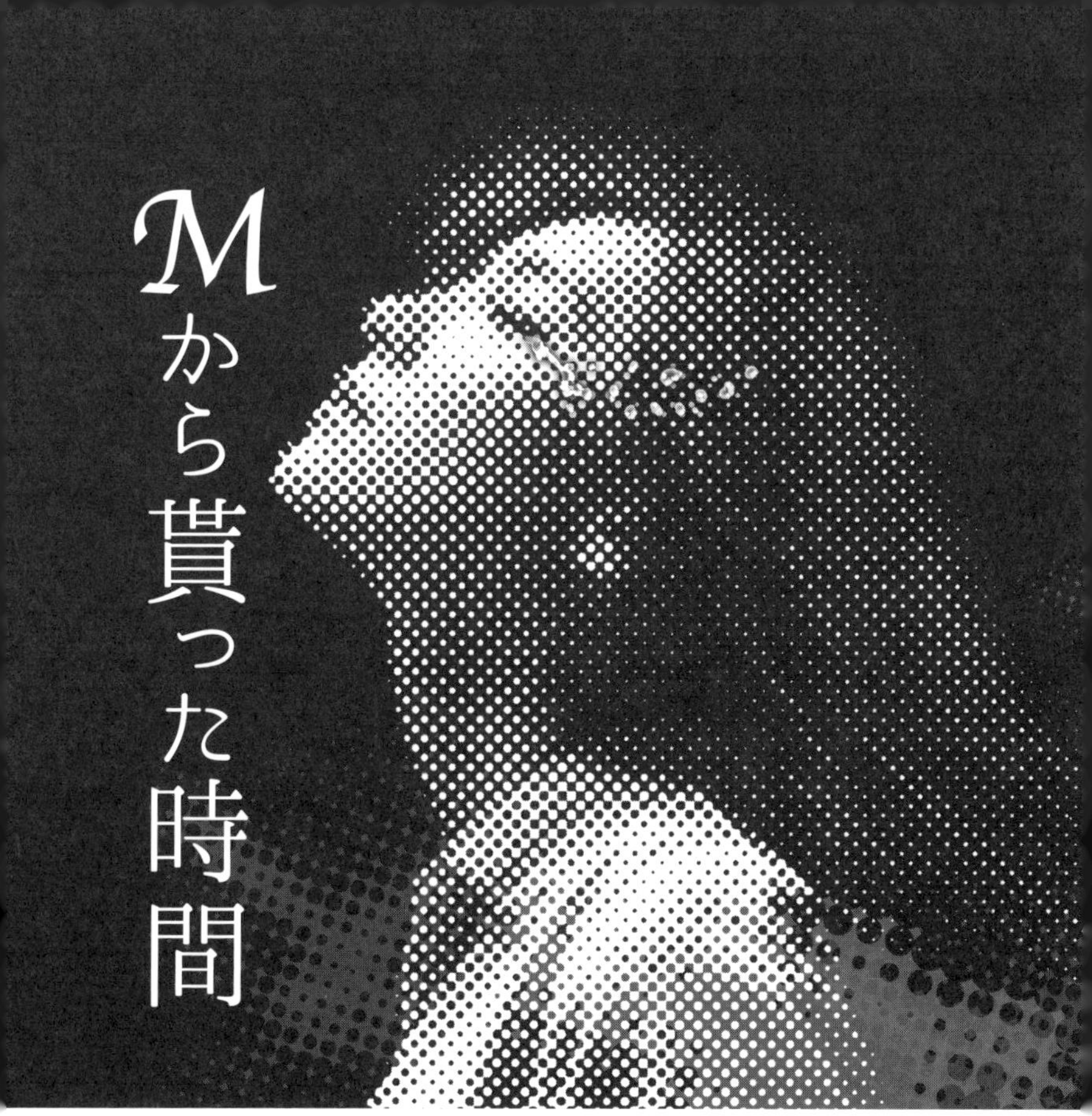

歌川　茂

Shigeru Utagawa

文芸社

目次

Mから貰った時間

プロローグ

――僕は今、思い出の中に迷い込んでしまった。

心が掻き乱されてしまうから、思い出さないように、今までずっと記憶に重い蓋を被せながら生きていた。

だから、また蓋を被せてしまう前に、筆を執ることにした。

介護中の母親が、急きょ新しい老人ホームに移されることになった。

健康診断書の写しを届けに行った帰り道、何故か、いつもとは違う道順を選んでしまった。

そして、K病院の前を通り過ぎた。

遠い記憶が頭の奥からチクチク刺激してきて、ぱっと「何か」がはじけた。

その時、突然、ボロボロと涙が溢れてきた。
(しまった、ここは近寄ってはならない場所だった)
そこには、昔、Mの家があった。

1　Mとの出会い

南高等学校で高校受験のための公開模試が行われた。
気が小さい僕はいつものとおり目を閉じ、手を合わせて精神統一していた。
「クスクスクス」と笑い声がする。
(誰が、何を見て笑っているんだろう?)
チラッと目を開けてみた。
すると、一つ左側の列の一番前の席から、一人の少女が僕に向かって歩いてきた。

ゆっくりと、風景を揺らしながら近づいてきた。

「何してるの？」

吸い込まれそうになるほど美しい少女が突然僕の目の前で立ち止まり、膝に手を乗せ、僕の顔を上目遣いで覗き込みながら問いかける。

「試験の前に精神統一しているんだ」

「クスクスクス。あなたって面白いわねえ」

どうやら僕の「神頼み」のような姿勢が、彼女の笑いのツボにはまったらしい。

試験開始のベルだ。彼女は自分の席に戻っていった。

公開模試が終わると、彼女がまた僕に近づいてきた。

「ねえ、よく見るとハンサムね。モテるでしょ？」

「え、僕が？」

最近、勉強ばかりしていて、そんなこと言われたのは久しぶりだ。思わず赤面してしまった。

「ウッソだよ〜。あっ、顔が赤くなってる。アハハハハ」

「こら、からかうな。アハハハハ」

久しぶりに、心の底から無邪気に笑った気がする。

「アハハハハ。私、ゲラで笑い出すと止まらなくなるの。私はM。名前は？」

「歌川茂」

「中学はどこ？」

「Y中」

「じゃあ、田中さんと一緒だね。Y中には知り合いもたくさんいるし、手紙書くから。じゃあ、またね」

公衆の面前で、旧知の友人のようにじゃれつく二人は、かなり目立っていたと思う。ちなみに田中さんは僕の中学校ではサッカー部のエースだ。

その頃の僕にとってMは、勉強ばかりの生活に潤いを運んでくれる温かい日差しのような存在だった。

ただこの時は、その後、本当に手紙が来るとは想像さえしていなかった。

当然ながら公開模試はY中のクラスメイトも数多く受けていたので、噂になる可能性は感じていた。だって、すげえ美人のMと堅物の僕だよ？


そう、この時、十五歳、中学三年生の秋、僕の「青春」が始まったのだ。


次の日、中学校では、すでに思っていた以上の噂の渦が広がっていた。

「あの堅物の歌川が、すげえ美人と話してたぜ」

「あの子は、テレビに出ている芸能人だ」

「サッカー部の田中を好きだったんだぜ。乗り換えたのかな？」

同じクラスの岩崎が得意そうに話していた。

Mは田中さんが好きで、同じサッカー部の岩崎は彼女を見たことがあったらしい。そんなことを何も知らない僕は、たぶん恥ずかしかったのだと思う。

僕は早足で岩崎に詰めより、いきなり胸倉をつかんで仰向けに押し倒した。

「この口が言うのか。黙ってろ。噂はなかったことにしろ」と言うと、岩崎のほっぺたを思いきり何度もつねり続けた。血が滲んできた。

岩崎は抵抗する気力もなく、ぶるぶる震えていた。

「僕をあまりナメるなよ」

僕が手を離すと、岩崎は教室内を駆け回り、

「何も聞かなかったことにしてくれ」

と手を合わせて哀願し続けていた。

明らかに、僕の一方的な暴力行為。

しかし、表向きには真面目で通っている僕が咎められることはなかった。

また、この後、不良たちも滅多なことでは、僕に逆らわなくなった。

(あいつはキレると怖い。触らない方がいい)

ただ一人、親友の今村だけは「歌川に明るい話題があったことをみんなせっか

く喜んでいたのに、あんなことするなんて……」と僕の行動を責めた。

同じ日の一時間目の休み時間に、Mの友人で彼女と同じ塾に通う別のクラスの同級生から、幾重にも折り畳まれた一枚の紙を渡された。

そこには「私はM。あなたのこと教えて」と書かれてあった。

質問の内容は「好きな色は？」から始まって「星座は？」「所属部は？」「住所は？」「電話番号は？」「親の職業は？」……えっ？

（これは何？　探偵の素行調査？）僕は一つひとつ丁寧に答えを記入した。

Mは隣の市の北中学校で、勉強は女子で学年一番、かつ美人で人気ナンバーワンの存在であった。

Mの友人は、彼女がなんでこんな「堅物」に興味を持ったのか不思議そうな顔をして「昼休みに回収に来るから書いておいて」と事務的に言った。

昼休みに僕が回答を渡すと、今度は優しい顔になって、

「昔からの友人のMに『どうしても』と頼まれて断れなかったの。あなたと親しい川本さんに聞いてみたけど、あなたって馬鹿みたいに良い人ね」

と言って、また去っていった。

川本とは、僕の親友である今村の彼女、川本香澄のことだ。もちろんMの友人が香澄から何を聞いて、どんな風にMに話したのかは今でもわからない。

数日後、Mから電話があった。

《元気？　いろいろ教えてくれてありがとう》

僕が書いた回答を見ながら話しているらしい。

《好きな色は緑ね。じゃあ、緑色のお守りにする。ところで歌川君は「浦高」を受験する予定なんですって？》

「いや、まだわからないよ。今のところはね」

浦高とは埼玉県立浦和高等学校のことで、埼玉県ではトップの進学校である。

Y中からは毎年、学年で二、三人しか行けない超難関校であった。
《この間は楽しかったね》
「僕の方こそ」
《あれっ、歌川君って魚屋さんの息子なの？》
「そうだけど……」
《私たち、似てるね》
「えっ？」
《私の父は材木屋なの……商人の子って大変よね》
えっ？　材木屋って……Mっていわゆる〝お嬢様〟じゃないんだ。
《あっ、お父さんが呼んでいる。じゃあ、勉強、頑張ってね》
「ありがとう」

数日後、Mから手紙が届いた。

緑色のサンリオの受験お守りと、ジェームズ・ディーンの写真がプリントされたグレーの封筒。

同じグレーの便箋に応援のメッセージが書かれていた。

「サッカー部の田中さんを宜しくお願いね」との言葉も添えられていた。

当時、田中さんとは直接交流がなかったので、何もできなかったが……。

その後も何度か応援の手紙を貰った。

僕はMからの手紙で気づいたんだ。今まで自分の成績を上げることばかり考えて、回りの人間の気持ちなんか考えていなかった。Mは他人を思いやる優しさを思い出させてくれたんだ。


――そして浦高受験。

気の小さい僕は、緊張して失敗してしまうかも、という不安があった。

でも、Mから貰った「お守り」を手に握りしめていたら、なんだか不思議と心が落ち着いて、頭は鋭く回転して無敵の状況になれたんだ。

合格発表当日……無事合格！

両親に電話で伝えるともに、Mにも連絡をした。

（……僕のことも見てほしい。友達になりたい）

すると突然「私も四月から正式に芸能界デビューすることが決まったの。良かったら応援してね。それから父が歌川さんに会いたいって言うの。今週の土曜日、家に遊びに来て」とMが言った。

語尾がちょっと裏声になるのが可愛かった。

2　Mと出会う前の僕

Mと出会う前の僕は、中途半端な優等生だった。

中学一年生の時は、ひっそりと静かに、目立たぬように行動していた。

ただ、成績はクラストップだったし、バスケット部に入り、体も鍛えていた。

中学二年生になり、中学に入って初めてのクラス替えがあった。

数日後、新たな担任の中西先生（「数学」は一年生の時も同じ）から、職員室に一人呼び出された。

（僕、何か悪いことしたかなあ）

「やあ、歌川君、今年は担任としても宜しく」

（何か仰々しいな）

「実は明日の『学級委員』選挙に立候補してほしいんだ」

（えっ……僕、そういう役やりたくないな）

「俺は一年生の時から歌川君のことをよく見てきたんだ。静かで人の話をよく聞いて、五科目ともダントツでクラストップだった。もちろんこのクラスでもダントツだ」

……だから勘違いだって。僕が静かだったのは授業中よく眠っていたからだって。確かに成績は良かったよ。でもそれは（後述する）、ある特殊な能力を勉強に応用する実験をしていたら、勝手に頭に残っちゃった（覚えちゃった）だけなんだ。こんなに簡単に成績が上がるとは思っていなかったんだ。ほんの出来心だよ。僕は好きな本をたくさん読みながら、静かでのんびりした生活がしたいんだ。

「俺は人間的にもお前を買っている。だから立候補してくれ」

えーっ、これって断れないの。成績が良いことと学級委員をやることとは関係ないじゃない。僕は人と話すのが好きじゃないんだ。それに目立ちたくないんだ。よく「人の顔を見て話せ」って言うけど、そうすると他人の「怒り」や「悲しみ」や「苦しみ」の「画像」が頭に残ってしまって息苦しくなるんだ。

「はい、わかりました」

——えっ、僕、やっぱり断わらないの？

こうして僕は、学級委員をやることになった。

表向きには確かに、真面目な生徒だったと思う。

ただ、人付き合いは好きではなく、友人も少なかった。

よく話をするのは、親友の今村と今村の彼女の香澄だけ。

香澄は中学一、二年生の時に同じクラスで、二年生の時は「女子テニス部のキャプテン」という、当時流行っていたアニメ「エースをねらえ！」の岡ひろみ的存在の人気者で、僕の素顔を知っている数少ない女の子であった。

小犬に似ている外見からか、僕のことを「スピッツ」と呼び、僕が唯一飾らずに話ができる、淡い恋心を抱いている女の子であった。

「スピッツ、スピッツ、起きて！　先生が呼んでいるわよ」

香澄の声がする。一年生の時は後ろの席にいて、今年は左斜め前だ。

「……歌川君」

遠くで誰かが呼んでいる……やばい。寝過ぎた！

ガタン「痛てっ！」

急に立ち上がろうとして、膝を机の下にぶつけた。

「三十六頁の三問目よ、スピッツ。……ああもう、それも違う。だからそれは二時間目の英語の教科書、今は三時間目の数学、私の教科書見せてあげる、ほらっ、この問題！」

香澄が数学の教科書を見せてくれた。

「歌川君、何ごそごそやっているんだ？」

「はい、今行きます」

黒板に書かれた問題を解くと、

「正解だ。なんだ、ちゃんと聞いてたんじゃないか」

（サンキュー、香澄）と目配せをした。香澄のおかげで無事に切り抜けられた。

香澄はスポーツも得意で、勉強もかなりできる。

可愛らしい顔をして、いつも澄んだ瞳で優しい笑みを浮かべている。

そのくせ僕と同じで、いつもうつむき加減に歩くんだ。

ちょっとからかうと口を尖らせて、顔を真っ赤にして「うん、もう！」って怒るんだ。

照れ隠しに掻き上げた髪の毛はグシャグシャ。まるで幽霊のようだ。

動きがどことなくぎこちなくて、走り方も変だよ。手を大きく振りすぎだって。

香澄は不器用ながらも懸命に生きていて、僕は「まるで僕の分身じゃないのか。僕に好きになってもらうために生まれてきたんじゃないのか」って思っていたんだ。

香澄の口癖は「えーと、だから、あの、だから……」。

おい、接続詞ばかりで、一体いつになったら本題に入るんだ？

もう、毎日、手を伸ばして支えてあげたくなる。

いつも香澄のことしか見ていなかったから狭い教室だったよ。僕にとって教室は香澄と僕がいる窓側二列しかないんだ。後は全部風景だったから……。

僕は香澄の心の影の部分を知りたかったし、僕のこともっと知ってほしかった。お互いの痛みを分け合いながら、ずっとそばにいたかったんだ。


ただ、今村も香澄のことが好きで、いつの間にか二人は交際していた。

二人はよく「けんか」をした。そのたびに今村からも香澄からも相談を受けた。

今思うと、二人を繋ぎ止めていたのが、緩衝材的な僕の存在であったと思う。

僕は「今村との友情を大切にしたいし、香澄の笑顔も守りたい」という気持ちで、喜んでけんかの仲裁をやっていた。

今村は僕の良き理解者だった。

今村は「抜け駆け」をして、香澄を彼女にしたという負い目があったのだと思う。だからいつも僕に気を遣ってくれた。

今村（「生徒会長」）と香澄と僕（「影の生徒会長」）は三人でいることが楽しかった。

そんな少女漫画みたいな日々を送っている僕たちだった。


こんなことを言うといつも誤解されるけど、僕には「瞬間記憶能力」という特殊能力があった。

この能力を使うと疲れ果ててしまうので、小学生の頃は、あまり使わないようにしていたし、また、使い方もよくわからなかった。

詳細に説明すると難しくなるけど、簡単に言うと、神経を集中させて三十秒ほど見続けると、かなり正確な「画像」が、頭の中に、長い間「記憶」として残るのだ。そして時には勝手に編集してしまう。

目を閉じて残像がどれだけ正確に残っているかを確認し、不鮮明な部分があれば同じことを繰り返し、画像が正確になったところで「ぶるん」と首を後ろに振れば、正確な画像が脳に収納される。

日常生活ではかなり邪魔な能力で、時々暴走して様々な「画像」が勝手に記憶され、トラウマのようになってしまう。

そして頭の中で編集された「画像」が「フォトギャラリー」として再現されるのだ。

夜寝ている時の夢の中ではもちろん、昼間でも時々「画像」が現れる。

だから小学生の頃からいつもうつむき加減に歩いて、なるべく人や物をはっきり見ないようにしていた。

これは今でもほとんど変わらないかもしれない。

それが他人から見ると暗い少年に見えたのだろう。

——僕は「いじめられっ子」だった。

香澄に起こされた日の午後、教室に入ろうとすると、数人の会話が聞こえた。

「歌川がまた、期末テストでクラストップかよ」

「学級委員なのに、いつも授業中眠っているくせに……。今日なんか、あれ何だよ。わざとらしい。いかにも授業を馬鹿にしているという感じで嫌な奴だ。きっと家では、家庭教師を何人もつけているんだ」

「僕なんかこんなに頑張っているのに、五科目とも全部歌川の下だよ。国語七十五点以外は、四科目満点って一体何だよ。まさに憎きライバル」

「浦高でも狙ってるんじゃないか」

とんでもない。この頃の僕は、やる気などまったくなく、友人と小さな塾に行く以外、勉強はほとんどしていなかった。ただ「エースをねらえ！」の舞台になった浦和西高等学校へ香澄と一緒に行きたいな……なんて夢見てただけ。

別に成績なんかどうだっていいじゃないか。そんなことより今日は虫とか影とか変な画像ばっかりで疲れているんだ。放っておいてくれないかな。早く家に帰って、のんびり一人で本でも読みたいよ。……香澄は？　あっ、戻ってきた。香澄がそばにいてくれるだけで、僕は今、十分に幸せだ。

中学三年生になって、二回目のクラス替えがあった。
今村とは今年も同じクラスだったが、香澄とは別のクラスになってしまった。
実を言うと、これはかなり大きな衝撃だった。

中学三年生の担任は女子バスケット部顧問の高見先生だった。
確かに僕のことをよく知っていた。
数日後、この高見先生から職員室に一人呼び出された。
去年と同じパターン。何だか、いやな予感がする。
「やあ、歌川君、今年は担任としても宜しく」
去年の中西先生と同じセリフだ。

「俺は一年生の時から歌川君のことをよく見てきた。バスケットも頑張っているし、静かで人の話をよく聞いて、五科目とも二年間ダントツだ」

ちょっと待って。だから勘違いだって。それは先生たちが勝手に作り上げた僕のイメージだって。真面目キャラを変えると次の展開が面倒だから同じキャラで通しているだけだって。良い成績だって「ぶるん」とやって頭に残っちゃっただけだって。そんなに真面目に勉強なんかしてないよ。

「俺は中学三年生を初めて受け持つ。クラスから一人『浦高』に行かせたい。だから内申ではダントツのお前が行け」

えーっ、勘弁してよ。どうしてこんなことになっちゃったの。無理だって。そんなに僕、頭良くないよ。それに僕、努力するのって好きじゃないんだ。すぐ疲れちゃうんだ。好きな本ものんびり読めなくなっちゃうよ。そうなると心がカサカサになって、耐えられなくなってしまうんだ。こんな僕の気持ち、誰にもわからないと思うけどね……えっ、これも断れないの？

「はい、頑張ります」

えっ？　これも引き受けちゃうの？

気の小さい僕は、プレッシャーで押しつぶされそうだった。

しかし、中学三年生当初の実力テストで、自分の実力を改めて思い知らされることになった。

約二百人中三十番くらい、偏差値六十五……これではとても「浦高」へは行けない。

早速バスケット部に退部届を出し、学業に専念することにした。

その場しのぎで「ぶるん」に頼りすぎて、地道にコツコツと勉強してこなかったことが仇となった。

しかし、救いは内申点が学年二番と良かったことだった。

中間・期末テストの成績が良く、「静かな頑張り屋さん」というイメージから、先生の間では評判が良かったおかげだろう。

そこから毎日コツコツと「ぶるん」を併用し、秋頃には実力テストで、偏差値七十五、学年二番の成績まで上げることに成功した。

一方で、目つきが鋭くなり、笑顔さえ忘れていた僕を今村と香澄が心配してくれていた。

「歌川、ちょっと屋上へ来てくれ」と今村に呼ばれた。

今村と僕は屋上を溜まり場にして、よく話をしていた。今日も何か話があるということなのだろう。また、香澄とけんかでもしたのか？

屋上に上がると、まさかと思ったが、今村と一緒に香澄が待っていた。

「最近、お前、おかしいぞ」と、今村が言う。香澄も心配そうである。

「別に何でもないさ」

「そりゃ俺は今、香澄と付き合っているけど、そのことはもう話がついたはずだろ。お前が何も話さなくなって、もう一ヶ月ぐらいになる。最近のお前は単なるガリ勉だぜ。また、三人で楽しくやろうぜ」

「まあ、一応は受験生だからな」

「お前が何でもないって言うなら信じよう。とにかく元気出せよ。……そう言えば、さっきの手紙はラブレターか？」

「いや」

「ところで話というのは、小関郁恵と付き合ってみないか？」

「はっ？」

小関郁恵というのは香澄の親友だ。何故この僕が小関と付き合うんだ？

そんな僕の疑問を察してか、香澄が今村と口を揃えたように言う。

「あの……だから、歌川さんにも彼女がいた方がいいと思うよのね。前に郁恵のこと、『可愛い』って言ってたから」

——香澄、それは駄目だ。僕にはまだ、香澄しか見えていない。それなのに別の女の子と付き合うのは、香澄に対する気持ちをカムフラージュすることになってしまう。だから少しでも恋愛が成就する可能性のある相手とは、きっかけを作れない。新しい悲しみを生み出すだけだ。香澄の親友なら尚更駄目だ。香澄の笑顔を減らすことなる。今、もし僕が告白するとすれば、絶対に成就しない女の子だけだ。それならお互いに傷が浅くて済む。例えば、運動会の写真で香澄の隣に写っていた学年一番の美少女の中井有佳さんとか……香澄が心配するなら考えておくよ。

「いや、僕は、小関がどうしてもって言うなら考えるけど、僕から告白するのは性に合わないし、今は、やらなくてはいけないことがたくさんあるから」

「そうなの……？　でも、早く昔の歌川さんに戻って」

「僕は、何も変わっていないさ」

　今の僕の悩みは脳が活性化しすぎて、気分が滅入っているだけさ。今や僕の脳は、意識しなくても教科書やノートの「画像」を集めて、頭の中の「画像」の頁も自由にめぐることができてしまう。夢の中でさえ復習できる。こんな自分に嫌気がさしているだけさ。香澄の顔も見ていなかったから画像がモノトーンになって、いらついているだけさ。
数日後「中井さんを好きになった」と友人から伝えてもらった。僕は大丈夫だ。自己欺瞞や自己暗示は僕が最も得意とする分野だ。これで安心しただろう、香澄。その後、表向きには「歌川は中井さんが好き」ということで有名となった。

一方、たった一回の実力テストだけでは、これが本当の実力か否か、まだ、自信が持てなかった。
そこで、公開模試を何度も受けていた。

——そんな時、Mに出会ったのである。

3　Mの家へ

土曜日、Mの家に遊びに行った。

家ではMと彼女の両親が待っていた。

「この人が、模試で祈っていた歌川さん」

Mはこれまで数回しか会話したことがない僕を堂々と両親に紹介し、僕はMの家に友人としてすんなり迎え入れられた。

家の中で彼女の発言力がどれほど強いかということを改めて思い知らされた。

実のところ当時の僕はMと話ができるなら両親と一緒でもいいという軽い気持ちで家に遊びに行っただけであり、そこにどんな意味が隠されているかなど気にもしていなかった。

僕としては、Mの父親との初めての対面となった。

「歌川君、君のことは娘から聞いている。まずは浦和高校合格おめでとう。俺は田中角栄を尊敬しているんだ。中学校しか出ていないのに日本のトップ、総理大臣になったんだ。君が尊敬している政治家は誰だ？」

「田中正造」

「あの、足尾銅山のか？　まあいい。徳州会の徳田虎雄について、どう思う？」

「すごいとは思うけど……」

正直ニュースではよく聞く名前だけれど、詳しくはわからない。

「まあいい。近所で何か問題だと思っていることはあるか？」

「小学校の横のドブ川は大雨になるとすぐ溢れちゃうんだ。そうすると校庭がヘドロだらけになるんだ。サッカーもできなくなっちゃうんだ」

「その問題は、どうやったら解決できると思う？」

「えっ……？」

「まあいい」


次の土曜日、また、Mに呼ばれて彼女の家に行くと父親が待ち構えていた。

「お前は、将来、どんな仕事をしたい？」

「学校の先生」今のところの目標を告げた。

「まあいい。いいか、何でも一番を目指すんだ。俺の家にはいろんな若者が訪ねてくる。あの甲子園で有名になったピッチャーも来た。お前もこれからちょくちょく遊びに来い。俺やいろんな若者と話をしたり、まあ学べることも多いぞ」

自分も子供を持つ親になった今だからこそわかるのだが、この時のMの父親の優しい眼差しは、僕が今、息子へ向けているのとまったく同じだ。

「娘ができたらアイドル、息子は医者と決めていた。あとは近くに弁護士がいれば完璧だ」

この言葉が僕の頭にずっと残っていて、後年僕は弁護士を目指すことになる。その夢は結局挫折するが、僕はMの父親にも認めてもらいたかったのだ。

「俺はこう思うんだ。まず、みんな東大に入れてみる。できない奴はどんどん振り落としていけばいい。最後まで残った奴を正式入学させるとか……そういうのがいいと思うんだ」

僕はこの言葉の影響で国公立は東大しか受けなかったんだ。二回とも落ちてしまったけどね。受かって格好よく報告したかったけど、失敗しちゃったね。

豪快だけれど、男気のある熱い父親だった。

初対面からMの父親イズムを注入されていくような日々だった。

「どうしてこんなことになっちゃったんだ⁉」

その後、Mと二人きりになった。

「Mの父親は何だかすげえな。もう、疲れちゃったよ」

「私の家はいつもあんな感じよ。私はもう慣れちゃったけど。でもお父さん……本気みたい。少しは慣れて」

「どういうこと？」

「……」

すると突然Mが、この話題を打ち切るかのように聞いた。

「そう言えば、田中さんのことは、その後どうなったの？」

「……付き合ってる人いたかな？」

田中さんと僕の間には直接の交流はないので、僕は何も聞いていなかった。

「田中さんはあの時、岡野さんと付き合っていて、私も本当にしつこいと思われてるだろうけど、もう、そんなことも知らないの？」

（それ以上言うな。僕が悪かった。もう君の家には来ないよ）

Mには引きずっている恋があった。

（僕は田中さんのことでは役に立てないよ）

僕はうつむきながら「じゃあ、帰るよ」と言ってMの家を後にした。

何だかなあ、もう。Mも彼女の父親も勝手なことばかり言って。僕はあなたたちの一体「何？」。

＊

「おい、M。あの歌川って奴は無口だし、不器用そうだし、何だか頭の回転も良くないようだぞ」

「そうかな……隣の市のY中では秀才で有名だけど」

「お前が『もう一人の自分』に会ったなんて言うから、期待しすぎたかな？」

「でも、真面目そうだし、人も好さそうよ。それにお父さんが『もう一人の私』を必要とするのはずっと後のことだから、その時までに探せばいいんでしょ？」

「そうだな。まあ、もう少し歌川の様子を見てやろうか」

＊

当時の僕は大筋では理解していたが、細かく考えることはしなかった。

その後、何度かMの家に足を運ぶことになったが、僕は人と話をするのがあまり好きではない。

熱いMの父親の言葉はありがたいけど、重荷に感じていた。

僕の父親が職人肌で無口だったので、あまりのギャップについていけなかったのだ。

Mの父親の話を一方的に聞いているだけの日がだんだん多くなった。

その後しばらく僕はMの家に行かなくなっていた。

4　Mとの交流

僕は悪戦苦闘しながらも、浦高での学生生活を何とか過ごしていた。

浦高でもバスケット部に入部したが、練習は思いのほかハードだった。

勉強の質も量も数倍になり、正直ついていくのがやっとの状態だった。
そんな中、夏休みになると、突然Mから電話がかかってきた。
本当にMはいつも突然なんだ。この頃には少し慣れてきたけどね。
《元気？》
「何とかやっているよ」
《私の好きな色は赤と黒》
それにやっと自己紹介かよ。
「まるでスタンダールの小説みたいな組み合わせだね」
《そう、激しい性格って言われるの。それからスピード狂なの。将来、運転はしたいと思っているんだけど、無理かな……今度、銀座のホールでファンの集いがあるの。良かったら来て。それから夏休みの宿題をやってほしいの》
本当の用件が最後の宿題にあるのはすぐにわかったが、語尾がちょっと裏声になるあの声で言われたら、断ることなどできなかった。

四日ほどかかりっきりで夏休みの宿題を終わらせ、Mの家に届けた。
宿題をやりながら、自分の中に新たな自分が動き出したのを感じた。
自分のためではなく、Mのために何かをしてあげることに喜びを感じたのだ。
もちろん「好き」という感情も入っていたと思う。
(だって、凍てついていた僕の心を溶かしてくれたんだ)
でも、ひどい無口で女性とうまく話もできない僕とは性格的に合わないことも
わかっていたし、彼氏にはなれないこともわかっていた。
それでも、Mの笑顔を近くで見続けていたい。
いつまでも声をかけてもらえる関係でいたい。
――そんな感情が生まれていた。

また、Mの両親も、この時から僕に優しく接してくれるようになった。

宿題を届けた時、Mの父親が目を細めて、いつになく優しい笑顔だった。

Mの家でも無口でつかみどころがなかった僕に、いつの間にかMの両親も中学校の担任と同じように「静かな頑張り屋さん」という印象を持ったのであろう。

高校生活のこと、趣味のこと、将来のことなど、少しずつ話すようになった。

自分の両親よりも、Mの両親の方を温かくさえ感じていた。


「おい、茂。勉強の方はうまくいっているか？」

「浦高は本当にすごい人ばかりで、僕なんか駄目ですよ」

「そんなことないだろう。さらに上の努力をすればいいだけだろ？」

「まあ、そうですけど……」

「体に気をつけて頑張れよ」


Mの両親は、僕を家族の一員のように扱ってくれた。

この日以後、Mの予定について教えてくれるようになり、ちょくちょく連絡をくれ、チケットもよく貰うようになった。

そして僕は銀座のホールでの「ファンの集い」に参加した。小さなホールだったので、Mとはすぐに目が合った。

Mはちょっと驚いた顔をして、二回瞬きをして、たれ目の「本当の笑顔」で応えてくれた。

そして、張り詰めた「作った笑顔」でステージに戻っていった。

ただ、銀座など行ったことのない「お登りさん」の僕の服が、あまりに「ださい」と思ったのだろう。

Mは宿題のお礼なのか、高価なブランド服を、なんと僕の家まで届けてくれた。

Mがくれた服は赤と紺とグレーの細い横縞の派手な柄で、いつも地味な服しか着ていない僕にとっては衝撃的だった。

しかし、自分が見ても「よく似合っている」と思った。
僕の家に来る途中、Mは真っ黄色な服を着ていたので、かなり目立ったと思う。
この時、僕は家にいなかったが、僕の妹がMを目撃していた。

当時Mは、テレビのCMやバラエティにも出演していた。
僕はMだけを見ていた。
親衛隊の一員として、かけ声の練習や実践もした。
「Mちゃ〜ん！！」
僕はMのいる場所に行くことが多くなった。
三浦海岸でのステージも、友人の尾澤を連れ出して行った。
出待ちの中に僕等も交ざっていた。
そんな時にもMと目が合ったが、疲れた顔をしていた。
暑さで化粧も崩れたのか、目の周りが真っ黒だった。

あの時のMは、尾澤に「芸能人があんな顔しちゃ駄目だよ」って言われても仕方がない表情を浮かべていた。僕もそう思った。まるで「タヌキ」のようだった。その日の夜の夢の中には、Mの服装を着た「タヌキ」が現れた。

僕はMの新曲が出るたびに近くのレコード屋さんに駆けつけ、一ヶ月ごとに数枚、なけなしのお小遣いからレコードを買っていた。限定のピンクレコードも今でも持っている。

確か「高一コース」の取材では、何故かホットパンツをはいて、フリスビーを手にして答えていた。

Mのその頃の健康法は、毎朝「リンゴ」を食べることだった。

一番嬉しかったのは高校一年生の時、忙しいスケジュールのなか「浦高祭」に来てくれたこと。

前日の夜、Mが急に電話してきて《明日、浦高祭でしょ。午後から少し時間が取れるので、行きたいのだけど、道教えてくれる？》と聞かれた。

「えーっと、車だよね……？」

(僕は稀代希なる方向音痴で、正直、道は全然わからなかった)

「……確か17号線を浦和方向に行って、浦和を過ぎてから右折すれば着くはずだけど……」

《じゃあ二時頃着くと思うので、校門の前にいてよね》

「わかったよ……」

しかし当日、二時半を過ぎてもMは来ない。待つこと四十五分。きらきらした光をまとったMが、まるでコマ送りのようにゆっくりと近づいてきた。それだけですべてが許せる。僕が初めて生まれてきて良かった（！）と感じた瞬間であった。

しかも、遅れた理由は……。

「歌川君が17号なんて言うから、とんでもない所に出ちまったよ、まったく。旧中山道って言ってくれれば早かったんだ」とMの父親が文句を言う。

「すみませんでした……」

僕は怒られて情けないというより、約束通りの時間に来てくれようとしたMの気持ちがわかって嬉しかった。

「お父さん。着いたんだから、もういいじゃない」

やっとのことで着いた派手な服装のMを連れて校内を案内することになった。

僕はMの顔を見ることも、まともに話すこともできず、右足と左足の順番を間違えないように歩いているだけだった。

Mの服装があまりに派手だったので、撮影と勘違いされたのだろう。

僕とMの後ろには、たくさんの野次馬がついてきた。


一番後悔しているのは、Mの高校の体育祭に家族の一人として誘われたのに、アイドルばかりの体育祭には気後れして行かなかったこと。

浦高祭では、僕が今生きている世界を見せたから、今度は自分が今生きている世界を僕に見せたかったのかもしれないね。「もう一人の自分」である僕に……。でも、「茂も呼ぼう」って言い出したのは、たぶん、Mの父親だったのかもしれない。

実は辿り着かなかったけど、僕は行ったんだ。

出待ちでもいいから、アイドルのMではなく、素顔のMに一目だけでも会いたいと思って。

午後、授業をさぼって、一人で出かけたんだ。

行けば何とかなると思っていた。

しかし、場所を詳しく聞いてなかったのが失敗の元。

タクシーの運転手に「K運動公園」と告げて行ってみたが、他のイベントが行われていた。

都会の真ん中で、僕は迷子になってしまった。まったく何をやっているんだか。お互いの思いだけが、すれ違っちゃったね。今思えば、ここも分岐点だったのかもしれない。

Mの父親が僕を「息子」のように考えてくれたのはありがたかったけど、同じ歳で血の繋がりのない「不器用な兄」と「姉（？）のようにしっかりした妹」という設定は、そう長くは続かないよ。表情には出さないけど、僕だって人一倍感受性の強い男の子だったんだよ。それに、血の繋がりのないあんな美人の「妹」は反則だよ。この設定だと、きっとどのドラマでも「兄」が悪者になるよ。

Mが家にいない時は、Mの母親と話すことも多くなった。

「W音頭ができたでしょ、あのかけ声『ヨイショ、ソレー』はMがやっているのよ……来週は休みが取れたから家にいるわよ。何だかお願いがあるらしいの」

次の週、Mの家に行くと、茶の間に案内された。

いつもMは事務所のデスクの横にある椅子にちょこんと座っているのに、今日は何やら特別待遇だ。

僕にとっては至福の時間であるお互いの現状報告をしていると、突然、Mが四段のカラーボックスの上から二番目のボックスからゲーテ著『若きウェルテルの悩み』の文庫本を取り出して、僕に渡した。

「読書感想文の宿題が出ているの。でも、難しくって。歌川さんなら読んだことがあるかなって思って」

Mの視線が斜め下にずれる。そこからゆっくりと僕を見て、二回瞬きをする。頬が揺れはじめ、たれ目の笑顔になる。

（ああ、たまらない……えっ、うっそー。この本難しくて途中で挫折した本だ）

「僕もまだ読んだことはないよ。他の本じゃ駄目なのか？」

「私は、この本に決めたの。私の代わりに、読書感想文お願いね」

このたれ目の笑顔で、しかも裏返った声でお願いされたら、もう断れない。

この頃の僕にとってMは、逆らうことのできない、可愛い暴君という感じだった。


次の週、読書感想文を届けに行くと、家の前で待っていたMが突然、拗ねたような顔で僕に質問した。

「ねえ、私ってそんなに色気ない？」

当時のMの悩みは、なかなかヒット曲が出ないということと、センターになれないということだったと思う。事務所の人に何か言われたのだろう。

「いや、そんなことないよ」とやっとのことで答えた。

(この僕は、君と話をするだけでブルブル震えているよ)

その後、言葉が出なくなった。

僕は改めてMを見た。この時、あまりにもよくMを見過ぎた。

（駄目だ、M。今、たれ目の笑顔をするな。画像が残ってしまう）

Mが二回瞬きをする。頬が揺れはじめ、たれ目の笑顔になった。

（どきどき、ぐらぐら……しまった！）

たれ目の笑顔の鮮明な画像が頭の中に焼き付けられてしまった。

今思うと、ここが「ターニングポイント」だったのかもしれない。

それでも「これ以上好きになってはいけない。だって相手はMだよ。香澄みたいな普通で素直な女の子じゃないんだ」という正常な心の訴えは聞こえていた。

Mの母親が助け船を出してくれた。

「いきなりそんなこと聞かれたって困るわよね」

帰りの時間が来た。

「じゃあ、頑張ってね」

また、たれ目の笑顔だ。

「ああ。Mも頑張って」

画像処理に失敗した。その日の夜の夢には、鮮明なたれ目の笑顔のMのフォトギャラリーが現れた。

後日、読書感想文のお礼の手紙が届いた。

手紙には「私が書いたんじゃないって、ばれちゃったみたい」と書かれていた。真っ赤な服を着て、たれ目の笑顔で可愛く撮れたスナップ写真が同封されていた。

その写真は、未だにどうしても捨てられない。
M、頑張れ。いつだって僕は応援しているよ。
でも、本当はね、「早く芸能界を引退してくれないかな」って思ってたんだ。アイドルであるMには、あまり関心がなかったから。普通の友達として、二人でラーメン屋でも行って……。もっといろんなことを話したかった。Mなら話せる気がしていたんだ。

でも、アイドルを辞めることはまわりが許さなかっただろうし、Mも途中で辞めるような中途半端は大嫌いな性格。そんな方向性はありえなかったね。

でも、Mは美人でモテるから、引退したら、あっという間に他の人の彼女になってしまって、僕など会ってさえもらえなくなる。今の近くて遠い関係こそが奇跡的に与えられた時間だね。

でも、パラレルワールドのどこかの次元では、Mと仲良くやっている僕がいるはずだよ。


翌年のバレンタインデーには、北海道から「ホワイトチョコ」と、元気で頑張っていることを伝える手紙が送られてきた。

封筒には「ここから開けてね↓」と細かい指示があった……Mらしい。

（忙しいんだな。僕に何か手伝えることってないの？）

そう言えば実際には見たことがないが、Mが泣いている画像が残っている。

Mが僕に話してくれたことがあった。

「どうしても辛くて我慢できない時には、いつも二階の階段脇の自分の部屋で電気も点けずに真っ暗にして、ベッドを背もたれにして、一人膝を抱えて大粒の涙を流しながら『私にはもうこれ以上できない』って泣く」んだって。

Mは我慢強くて、良い娘を演じすぎてるよ。一人であんまり溜め込むなよ。言ってくれれば、僕ができることだったら、何だってやってやるからさ。

Mの視線を追いかけるようになったのは、この話を聞いてからだと記憶している。

Mの心の影のような部分を知って、惹かれていったのだ。

それでも、僕自身の心は、ちゃんと理解していた。

現実をしっかり見つめて、現実の世界で自分の彼女を探すことにしていた。

5　悩みの出口

当時の僕は教師を目指していた。

でなければ、本が好きだったので、本に関わる仕事がしたいと思っていた。中学の頃から毎日、本（といってもSF小説やミステリー小説が多いけど……）ばかり読んで、本来の勉強はそれほど頑張らなかった自分にとって、世の中と立ち向かう仕事は向いていない。

基本的には誰かが背中を押してくれない限り、無気力な人間だ。

それでも、生きていくためのお金を手に入れなければならない。

僕は、ある程度、自分の将来の方向性を固めていた。

「でもしか（教師でもやるか、教師しかできない）」先生。

それが、自分から見た僕の将来像だった。

そんな中、同級生の誘いで女子校との交歓会に参加した。

それほど乗り気ではなかったが、行ってみて驚いた。

ああ、もしかしたら、ここから別の「青春」が始まるかもしれない。

僕は、今までの記憶にないほどの積極性で、あろうことか初対面の女の子、佐倉真由に声をかけた。

同じく教師を目指す、Mとは違っておしとやかな（？）女の子のペンフレンドができた。毎週のように手紙のやりとりをして、お互いに今度会う日を楽しみにしていた……と思う。

ところが一方で僕は、高校二年生の夏休みにMの宿題をやっている時、Mとの立ち位置（？）を続けたくなっていた。

この時宿題のお礼として「茂」と刺繍された黒いタオルを貰ったのだが、このタオルに僕は特別な思い入れがある。

宿題を依頼された翌週、完成品を届けに行くと、家の前で待っていたMが「今日はこっちから入って」と言って、裏側の玄関口から、初めて家の応接間に案内された。Mの指示は本当に細かいのだ。

「座って、座って」とMが僕の背中を押しながらせかす。

僕が座ると、Mは向かい側の三人掛けのソファーの真ん中に座った。

すぐにすっと立ち上がり、ピンクのリボンがかかっているプレゼント袋を僕に差し出す。

「開けてみて」語尾がちょっと裏声になっている。

「うん」

「宿題頼《こんなこと》める人、他にいないから」

珍しく、しおらしいことを言う。

テレビで見るキュートなMと、いつもの可愛い暴君のMと、今日のしおらしいM、もう画像処理が追いつかないよ……ほら、今がチャンスだ。「僕が一緒にいるから大丈夫。何も心配いらないよ」って言うんだ……あれっ、スルーかよ。

嬉しかった。顔が熱くなってきた。胸が苦しいくらい、どきどきしている。

「ありがとう。大切に使うよ」

Mの好きな色「黒」のタオル、こんなに特別なプレゼントはない。

忙しいMから「手編みのセーター」ならぬ「名入りのタオル」を貰った！

だから、いつも肌身外さず持っていた。

このタオルは、くじけそうになった時の僕を奮い立たせてくれる秘密兵器。

バスケットの試合では汗ふきとして、電車の中で勉強していて疲れた時には枕にして眠っていた。

このタオルに顔を近づけると、Mからの応援の声が聞こえる気がしていた。

ボロボロの黒いタオルは、大学一年生の時、武蔵野線の中でなくしてしまった。

あまりに悲しくて、一週間ほど立ち直れなかった。

また、この頃、教師という自分の将来像に疑問を感じていた。

そう、僕は中学生の頃から「ぶるん」に頼りすぎていて、授業中は目を開けたまま眠ってばかりで、他人に教えられるほど真面目に勉強していなかった。

そんな人間に人を導く資格があるのか。

生徒たちに勉強方法をどうやって教える?

「いいかみんな。覚える時に『ぶるん』とやるんだ」

一体何だ、それは。

将来どんな仕事をすればいいのかわからなくなっていた。

不安な気持ちからか画像処理もうまくいかなくなって、勝手に変な画像を集めては勝手に編集してしまう。

心が少しずつ不健康な状態になっていった。

「ぶるん」もうまくいかなくなっていた。

勉強に関しても完全なスランプとなっていた。

でも、この悩みを誰に相談すればいいのか、まったくわからなかった。


この頃、悩んでいたことが原因なのか、僕は元々口数が少ない方なのに、さらに無口になっていた。

Mへの手紙も明るい話題がなくなっていた。

一度だけ「今、悩んでいるということ」をファンレターに付け加えた。

Mからの返事に「手紙は自宅に直接送って」という言葉があった。

(Mのアイドル活動に心の負担をかけてはいけない)

僕はこの時から、なるべくMの心に負担をかけないように、自分の行動を自制していった。

Mに手紙を出すことをやめた。

書くことは書いていたが、出せなかった。


この頃、Mも何か別の悩みを抱えていたのだと思う。

ある日の夕方、不機嫌なMがいた。

Mのまわりの空気がピリピリしていた。

普段強気の姉が弱りきった姿を見て、茶の間からしきりにちょっかいを出す弟に「もう、あっちに行ってなさい」という声に張りがない。

(目がタヌキになってるぞ。肩が下がってるぞ。おい、M、何があった?)

言葉にしたいけど、うまく声が出てこない。

「朝から何も食べてないんですよ」と、Mの母親が僕に言う。

(視線が下にずれたぞ。どうした)

「何か食欲がなくって……」

「ちゃんと食べなきゃ駄目だよ」

（もっと気の利いたことが言えないのか）不甲斐ない自分に腹が立った。

僕には、今、Mを笑顔にしてあげる力がない。

この時から僕は自分の気持ちを封印することにした。

これ以上、深追いすると傷も深くなる。

だが、封印しても、Mの画像は毎日たくさん現れる。

「もぐら叩き」ならぬ「M叩き」の毎日。

「Mで〜す！」勝手に出てくるな。パコーン！

「Mで〜す！」パコーン！

「Mで〜す！」パコーン！

「Mで〜す！」「Mで〜す！」「Mで〜す！」………。

もう、勘弁してくれよ。ひとつ叩くだけだって辛くてたまらないのに、そんなにいっぱい出てきたら叩ききれないよ。

迷っていた出口が、やっと見えてきた。

自分自身の将来への葛藤とMとの立ち位置への思い、それぞれが相まって、きっと徐々に強くなっていったのだと思う。

その時「将来、弁護士になろう」と思った。

そうすればMのそばにいられて、Mの力になれるからだ。

それが僕の「夢」となっていった。

僕の「青春」のすべてを捧げることに決めた。

いや、そんなに格好いいことではない。

Mのそばに友人としてでも居続ける方法が他に見つからなかった。

6　狂う歯車とMの「画像」

Mの前で感情をなるべく出さないようにするにはどうしたらいいか。

頭の中を新しい画像で満たすしかない。


交歓会で出会った佐倉は僕が思い描いていた彼女像にぴったりだった。

外見は可愛らしくて、オフコースが好きで、箏曲部に所属していて、横溝正史を全巻読破した、ちょっと「不思議」系の活発な女の子だった。

高校の文化祭で佐倉が披露した「夏の終わり」の琴の音は心に響き渡った。

「そっと、そこにそのままでかすかに輝くべきもの
決して、もう一度この手で触れてはいけないもの」

この時僕が「夏の終わり」を聞いてMを頭に描いていたとは、佐倉は知る由もない。


僕はその年の秋、初めて佐倉と二人きりで会うことになった。

急展開である。なんと僕にも女の子を誘うことができたんだ！

オフコースの話で盛り上がりを見せていたので、横浜の「港の見える丘公園」を目指すことになった。

しかし、佐倉と二人で電車の中で話している時、「何してるの？」という声が聞こえ、頭の中に突然Mの画像が現れた。

（ああ、びっくりした。勝手に出てくるな。今、佐倉と横浜に向かってるんだ）

しかも、勝手に編集されたMのフォトギャラリーが始まり、僕は見とれてしまった。

「私の友達の『まり』ちゃんが、小田さんと結婚したくてもできないって泣いているの。どうしてだかわかる……？　正解は『おだまり』になるから」

「………」佐倉のクイズも上の空でMの画像にニヤついている僕。

「ちょっと聞こえているの？　さっきから黙って、何、ニヤついているの？」

佐倉が不機嫌になっていた。

《津田沼、次は終点、津田沼》
……しまった。中央・総武線の下りに乗ってしまった。
佐倉のがっかりした顔の画像だけが残った。
この時は笑って誤魔化したけど、この後、もう一度佐倉を誘い出す勇気はなかった。

高校三年生の春、歯車が狂い始める。

父親に癌が見つかった。

父親の仕事は魚屋だった。

僕には馴染めない人付き合いの多い仕事なので、小学生の頃に「跡は継がない」と父親に告げていた。

僕は「勉強して別の道を見つける」と伝えていた。

しかし、現実の重みが僕にのしかかってきた。

今、父親がいなくなったら、僕が魚屋をやるしかない。

暫くは「夢」とも別れなければならない。

ずいぶん遠回りになってしまうかもしれないけど、僕は必ずMと彼女の父親のそばに戻ってくる。


高校三年生の夏、今年もMから宿題のリクエストがあった。

でも、これが終わったら、僕はMに何をしてあげられるのだろう？

「私、本当は女優になりたいの。だって、いろんな人生を試せるでしょ」

Mは正式にデビューが決まらなかった場合は、確か日大鶴ヶ丘高校へ入学して、日本大学へ進学する予定だったんだよね。Mは進学校へ行った自分の姿が諦められないんだね。僕を友人の一人としていた理由も、僕を通して進学校へ行った自分の姿を映していたんだよね。でも考えてみると、日本大学に入学しても、当然「ミス日本大学」になるのは目に見えてるから、結局そんなに変わらない人生だ

った と思うよ。

「僕も小説をよく読むけど、主人公に同一化するといろんな感情が味わえる。それと同じだね」

……というより、Mも何か誤解していないか？　僕はそんなに糞真面目な、いわゆる〝良い人〟ではないよ。感情なしに何でも引き受けるわけではないよ。そりゃMは、壊れかかっていた僕を救ってくれたのだから感謝しているよ。でも、今もここに来ているのは、Mにかなり感情移入しているからだよ。それを表情に出さないのは、Mに心の負担をかけたくないという僕の演技なんだよ。この演技って、結構きついんだよ。わかってないよね。

当時Mは山口百恵さんの『蒼い時』に感銘を受けていた。

「私、感動しちゃった。歌川さん、この本読んだ？」とMが聞く。

ウルウルしている目が少し赤いぞ。昨晩一気に読んで、あまり眠ってないな。

明らかにMの結婚願望が強くなっているのがわかった。

それを彼女の母親が遮る。

「歌川さんは、そんな本、読まないわよね～」

（いや、とりあえず今は受験勉強中なので……僕はそんな堅物に見える？）

何はともあれ、きっと間に合うことはない「夢」を話すこともなく、宿題請負人の任務は無事終了した。


そしてこの頃、今村が香澄と別れることになった。

香澄に真相を聞いてみると、

「三人の頃は楽しかったけど、二人だとけんかばかり……もう無理」

「どうして、もっと前に言ってくれなかったんだ？」

「高校に入ってから歌川さんは忙しそうで、相談できなかった」

……しまった。Mのことばかり気にして、こっちを忘れていた。

今村から電話があった。
《これからは、お前が香澄を守ってくれ……頼む》
涙ながらの訴えで香澄を託された。

香澄と会って話をした。

「香澄……何故、僕が今でも好きだとわかったんだ？」

「今村君が言ったの。今、Mさんがそばにいるのは知ってるけど、全部カムフラージュだって。歌川は香澄しか見てないはずだって。中学生の時だって、いつもそうだったって」

確かに、今村の言うとおり、香澄を安心させるために、カムフラージュをよくやっていた。

香澄以外の女の子は、どんなに美人でも風景としてしか見てなかった。

でも、今村と香澄が別れることはないと思って、かなり前に香澄への感情に蓋をしてしまっていた。

僕には、もうチャンスは巡ってこないと諦めていたから。

そのタイミングで僕は香澄と交際することになった。

しかし、Ｍに関しては、ちょっと事情が違っていた。

初めはカムフラージュという気持ちも多少あったかもしれないけど、僕の頭の中は途中でＭの画像に支配されてしまっていた。

そのため、香澄の画像が奥の奥に行ってしまっていたんだ。

さらに、Ｍへの感情さえ封印してしまっていた。

感情を隠すことばっかりやっていたから、僕がずっと待ちこがれていた時に、うまく感情が出せなくなってしまったんだ。

一番大切な香澄を目の前にしていても会話が繋がらない。

これは自業自得だ。香澄、本当にごめんなさい。

「何してるの？」といってMの画像が現れる。

洒落にならないぞ、M。今日からは出てくるな。香澄は特別な存在なんだ。失いたくないいんだ。香澄を失ったらきっと僕は壊れる……。

だがというべきか、やはりというべきか、数ヶ月交際したが、香澄と別れることになってしまった。

香澄の悲しい顔の画像が鮮明に残ってしまった。

（まさか、ここで香澄を失うなんて！）

数日後、今村が訪ねてきた。

「お前に任せたはずだぞ。何やっているんだ？」

今村の怒りと悲しみの顔の画像が鮮明に残ってしまった。

また、佐倉から別れの手紙が届いた。

「最近の手紙は暗いことばかり書かれていて、もう続けられない」

別れの手紙の画像が残ってしまった。


今村とも香澄とも佐倉とも、その後連絡をしていない。


今でも、この頃の恐怖の日々が忘れられない。

たくさんの負の画像が「フォトギャラリー」となって目の前を回転する。

毎日耳の中から「ブーン、ブーン」という音が聞こえてきて、徐々に目の前の画像に濁りが出て、やがて真っ暗になっていった。

聞こえてくるのは「ジーン、ジーン」という雑音だけ。

Mの画像が強すぎて、僕にとって一番大切だった香澄を手放してしまった。

今の僕には何が必要で何が不要かという判断もつかないのか？

僕はもはや食事と排泄を繰り返すだけの「不器用な」生物にすぎないのか？

極度の「鬱」病になってしまった。

夜中になると、また、たくさんの負の画像がフラッシュバックする。

不眠症もひどくなっていった。

何をやってもうまくいかない。

何をする気力も出ない。

そのまま大学受験に臨むが、当然のごとく失敗した。

大学浪人することとなった。


一人、鎌倉に傷心旅行をした。

香澄と一緒に来る約束をしていたが、果たせなかった旅行でもあった。

目の前に、うつむき加減に話す香澄の画像。そんな涙で洟をすするような悲しい顔をするなよ。香澄には悲しい顔は似合わない。

澄んだ瞳をしてたよな。その瞳が大好きだったんだ。何とか香澄を笑わせようと、僕、頑張っていたの知ってる？　中学三年生で別のクラスになって、共通の話題が少なくなって、とても淋しかったんだ。いつもそばにいてくれると思っていたからね。僕が、共通の話題を作るためだけに、香澄の通っていた「塾」に通い始めたこと、覚えてる？「塾の英語の先生の〝アイイキャンント〟って発音、なんだかおかしいよな」「あっ、なんか似てる。フフフフフ」顔がくしゃくしゃになって、本当に、可愛い笑顔だったよ。

僕が家に入れた女の子は、学生時代は結局、香澄だけだったよ。もちろん今村も一緒だったけどね。確か二回だけだけど、二回とも傘忘れやがって。おかげで「僕が今、一番好きな女の子だ」って母親に話したら、「あの子だらしないんじゃない」って言われちゃったじゃないか。僕は香澄と一緒に生きていきたかったな……でも、こんなに弱くなっちゃったら、僕はもう誰も守れない。

壊れてしまった心と体のどこかに、このまま消えてしまいたいという衝動があった。

今なら僕が消えても、両親以外は誰も悲しまない。

今村、香澄、佐倉のみんなを笑顔にしたいと思っていたのに、みんなに嫌な思いをさせてしまった。

みんな、僕の前から消えていってしまった。

話しかける相手すらいなくなってしまった。

「僕は、これからどうしたらいいの？」と自問自答していた。

救ってくれたのは「何してるの？」と問いかけてくるMの笑顔の画像だった。

(何もしてないよ……何もできないよ……M、助けてくれ……ごめん、僕、またMのそばに戻ってきちゃった。一人でやってみたんだけどね。今、僕を前に動かしてくれる存在は他にいないんだ。M、これがいつも強がって見せている僕の本当の姿だよ。気づいてた？）

海岸線の路上で泣いた。嗚咽をもらしながら噎び泣いた。

ユースホステルに一泊し、Ｍの画像に背中を押されて、現実の世界へと戻ってきた。


しかし現実は、さらに追い打ちをかけるかのように、父親が癌の摘出手術をすることになった。

魚屋を継ぐことに現実味が帯びてきた。

午前、予備校。午後、魚屋。夜、勉強。

「長靴を履いた受験生」という、かなりハードな日々が続いた。

僕を支えてくれたのは、またしてもＭの画像だった。

何度も、たれ目で笑顔のＭの画像が現れた。

「何してるの？」

「じゃあ、頑張ってね」

「開けてみて」

魚屋で「いらっしゃい」と言ってみても、自分の喉から出ている声かどうかさえわからない日々だったんだ。

そんな涙ぐむような暮らしの中でも、Mの画像が僕を前へと動かしてくれた。

僕の画像がクリアになってきた。「ぶるん」の調子も良くなった。

少しずつではあるが、成績も伸びていった。

7　大学へ

父親の手術も無事成功し、奇跡的に再発せずに半年が過ぎた。

最大の危機を僕は何とか乗り切ったのだ。

中央大学法学部受験。

もちろん手に握りしめていたのはMから貰った「お守り」。

合格。中央大学法学部に入学することになった。

「夢」が繋がった。

ただ、大学に入学した時の感想は「疲れ果てていた」というのが本音である。


と同時に、ここまで頑張ってこられたのは、Mのお陰だと思っていた。

Mの家に行くこともなくなり、会うこともなくなっていた。

(東大にも二回落ちちゃったし、僕なりに精一杯頑張ったけど、これでは褒めてもらえない……もしかしたら「駄目だった」って報告でも良かったの?)

それでも、僕としては当然(Mとしては不要)なことながら、Mに連絡した。

Mの母親と電話で話をした。

Mは芸能界を引退して、今はイベントコンパニオンをしているという。

《家にもしばらく来ていないでしょ。たまには顔を見せてよね。今日は時間あるの？》

社交辞令とは思ったが、僕も久しぶりにMの家に行きたくなった。

Mの両親が家にいた。

Mの母親も噂では僕の苦境を聞いているらしいが、初めて詳しく話をした。

Mの父親が一言「水くさいじゃないかよ」……相変わらず熱くてきつい。

――ごめんなさい。精一杯頑張ったけど、失敗ばかりで、報告できることがなかったんだ。

「Mに縁談話があったの。どこかの会社の社長さんらしいの。元アイドルということで、お飾りとしても考えているみたいなの。Mはあまり乗り気ではないらしいんだけどね」と彼女の母親から相談された。

僕は「M本人の気持ちを大切にしてほしい」とだけ答えた。

この時は、ここまで辿り着くのがやっとで、将来の「夢」などとても話せなかった。でも「Mはもう二度と自分の嫌いな人生を選ばない」だろうと、その点は信用していた。

しばらくして、Mの母親から電話があった。

「結婚しないことになった」と。

8　大学生活

Mから離れて僕一人のものとなった「夢」は、始動するのにしばらくの休息を必要とした。

通学時間約一時間四十五分、京浜東北線・武蔵野線・南武線・京王線と乗り継ぎ、中央大学での生活が始まった。

久しぶりにスポーツもやってみたくなり、飲み会にも参加したいので、少しゆるめのサークル「Q」に入って、大学生活を僕なりに楽しんでいた。

クラスメイトに誘われて合コンにも参加した。

新しい出会いを求めて、僕なりに努力もした。

しかし、Mの笑顔がどうしても忘れられなかった。

いつの間にか、何の目標もない生活にも馴染めなくなっていた。

「前に進む」にはどうしたらいいか。Mに背中を押してもらうしかなかった。


それでも、たまにこう思うことがあった。

「僕が未練を残していることは、かえってMの迷惑になりはしないか」

Mだって一人別な道を歩んでいるわけだし、Mの重荷にはなりたくはない。

僕も一人で生きていかなくてはいけない。

でも、夏休みになると、もしかしたらMに偶然会えるかもしれないなんて理由で、Mがコンパニオンをやっている晴海の展示会場内の喫茶店でアルバイトを始めた。
しかし、そんな奇跡は起きなかった。

「眠ってしまおう」

夢の中のキャラクターが、
君一人になってから、
もう何年経っただろう。
忘れられているだろう。
嫌われているだろう。
淋しくなったら、酒をかっくらって、

眠ってしまおう。

心と体の充電期間も終了し、大学二年生の秋、僕はまた「夢」と向き合うことにした。

「郁法会研究室」（司法試験受験サークル）の入室試験に合格した。

毎日夜遅くまで勉強するために、大学近くのマンションに引っ越した。

本格的に、また勉強漬けの日々が始まった。

Mとの距離はどんどん離れていくし、もしかしたら、もう会うこともないのかと思っていた。

「君に会いたい」

忙しい毎日に淋しさを紛らせて、

自分からすべてを忘れようとしている。
けど、いつの間にか、体の何処かに、
思い涙が溜まっていた。
君に会いたい。
君と話がしたい。
君がそばにいてほしい。
声にならない心の叫びを聞いてしまった一人の夜。

しかし、大学三年生の夏、再会の日が訪れた。

Mの母親から電話があった。

Mは今、つくば博覧会の『NTTでんでん館』でイベントコンパニオンをやっているという。

《チケットならあげるし、近いから遊びに行ってらっしゃい。Mにも話しておくから、久しぶりに会ってらっしゃい》という。

僕は懐かしさのあまり有頂天になり、友人とともに遊びに行った。

Mとの二人での写真や友人たちとの写真を撮った。

今でも当時の写真を大切に保管している。

ただその時感じたのが、これできっと「本当のさよなら」なんだなってこと。

二人の生きている世界も違えば、それぞれの人生設計の中での現在の位置、結婚の時期もまるで違う。

趣味や嗜好についても、共通の話題は何ひとつない。

僕のやり方は間違っていたのかな。

でも、もう僕も今の進んでいる道を歩いていくしかなかった。

どんどん離れていっても、それが僕の選んだ道だったから。

「誰か」

僕の夢が消えていきそう。
「待って」なんて今言えないし、
愛を告げたら、大切なものが壊れてしまいそうで、
何もできない。どうしようもない。
今、心の灯りを精一杯ともし、
明日に向かって走るから、
誰か僕を助けて。

大学四年生になっても、まだ、自分自身に納得がいかなかった。
このまま中途半端な気持ちで終わってしまっては、次の生活にまた迷いが生じ

てしまう。

心の中でMに相談していた。

握りしめていたのは、Mから貰った「お守り」。

「やるだけやって駄目ならしょうがないじゃない。頑張って」

Mの声が聞こえた気がした。語尾が少し裏声になっている。

大学五年生、両親にお願いして、もう一年だけ勉強させてもらった。

択一試験は合格したが、論文試験で落ちてしまった。

七年越しで計画した大がかりな「サプライズ」は失敗に終わった。

埼玉県庁の職員採用試験も同時に受験していた。

どの試験会場にもMから貰った「お守り」が一緒だったけど、埼玉県庁の合格へと導いてくれた。

「お守り」が僕の向かう道しるべだからと、埼玉県庁に就職することにした。

もう一年だけという両親との約束も守った。

ここまで頑張ってこられたのは、Mのお陰だと思っていた。

僕にとっては当然（Mとしては不要）なことながら、Mに連絡した。

まだ独身だが、もうすぐ見合いして結婚する予定とのこと。

聞かない方がいいのはわかっているけど、一回だけ聞きたかった。

「僕は結婚相手の候補に挙がらなかったんですか？」

答えの代わりにMからの質問が返ってきた。

「歌川さんには彼女とかいないんですか？」

これがMとの最後の会話となった。


自業自得ではあるが「残念でした」でもいいから、香澄まで失って青春のすべてを賭けて挑戦した「夢」の答えをここで聞いておかないと、僕自身のふんぎりがつかなくなってしまっていたんだ。

ただ、受話器の向こうで、Mの父親が《お前は……お前は……》と叫ぶ声が今でも耳に残っている。

これはMの父親が「Mが結婚したこれから先こそお前の力が必要となるのに、お前までいなくなるのか。この恩知らず」と言いたかったんだと僕は思っている。

でも、僕はもともとMが結婚した後は彼女の家に行くつもりはなかったから、彼女の父親の役に立つことはなかったんだけどね。

噂では数年後に市議会議員となり、さらに十年後に、何らかの事件に遭遇して、引退したと聞いている。

9　Mとの別れ

「もう、Mのそばに僕の場所はないんだね？」

二十四歳の春、Mに初めて会ってから十年の月日が流れていた。

三日ほど泣き続けて、やっと自分を取り戻した僕は、Mのそばから離れることに決めた。

Mがいた十年が終わった。

司法試験の勉強もやめた。

背中を押してくれる存在がなくなった。

もはや僕には何をする気力も残っていなかった。


……でも、M、これでいいんだ。

一度、Mのそばから離れて一人で生きていこうとしたくせに、勝手に戻ってきた僕が悪いんだ。

Mのお陰で、ここまで来られたからもう大丈夫だよ。今度こそ、一人でやっていくよ。

君には「もう一人の自分」はもう必要ないんだね。

今まで本当にありがとう。じゃあ、バイバイ。

「バタン」……あれっ？　真っ暗だ。何も聞こえない。


それから僕は一度もMに連絡していない。


噂ではMはその後結婚して、二人の子供の母親になったという。

それでも毎年盆踊りの季節になると、W音頭のかけ声「ヨイショ、ソレー」が聞こえてくる。

その声を聞くと、Mの画像が目の前に現れる。そしてMは二回瞬きをして、頬が揺れはじめ、たれ目の笑顔になる。


今なら少しわかることがある。

Mはあの張りつめた笑顔の裏に、やりきれない自分があったのだと思う。父親から押しつけられたアイドルという「夢」をとめられない。アイドルと学生の二重生活の中で諦めたこともたくさんあったのだと思う。僕がもっと優しくしてあげれば良かったね。本当に駄目な僕だったね。

でも、いつもMは前を見て一瞬一瞬を懸命に生きていた。だから輝いていた。

Mは「自分を笑顔にしてくれる、包み込む優しさのある人、父親との関係もさらりと躱してくれる機転の効く人と出会いたい（Mの父親は男気のある熱くて優しい人だとわかっているけど、僕では熱すぎて一緒にいられない）。そして早く父親から離れて、平凡で穏やかな家庭を築きたい」と考えていたのだと思う。

「まっすぐだけど、いつも精一杯で器の小さな歌川君にその役目は果たせない」

――それは僕も同意見。


そして僕にとってのMは、現実の「可愛い暴君」から離れ、神格化された「青春の輝き」の象徴だったのだと思う。

もちろん美人であったことも確かだが、僕の背中を押してくれる存在として重要だったのだと思う。

それは決して「愛」とは言えないかもしれないけど、僕にとってはかけがえのない存在であったのだと思う。

エピローグ

あの日突然、涙が溢れだした理由もわかってきた。

僕はMへの感情を未整理のまま、自分の心に蓋をしてしまったんだ。

ちゃんと整理してから蓋をしてあげないといけなかったんだ。

自分の心を乱暴に扱いすぎた。そんなことしては駄目だ。

もっと丁寧に優しく説明して、整理してから蓋をしてあげないと駄目だ。

でも、整理しようとすると他の悲しい記憶が引きずり出されてしまうから、怖くて整理することを途中でやめてしまったんだ。

涙の理由を探していたら、置き去りにされた昔の僕の悲しみ達が現れた。
今日は、この悲しみ達にそっと寄り添い、優しく癒してあげよう。
そして明日からまた、躓きながらも前を向いて進んでいこうと思う。

僕は四十三歳で結婚して、五十歳でやっと父親になった。
父親は七年前に癌で他界し、母親は五年前に脳梗塞で倒れ、身体障害者となった。
妻と協力して、子育てと介護に奮闘しながらも何とか暮らしている。
仕事は変わらず埼玉県の職員である。
それから今でも疲れが出ない程度に、時々「ぶるん」も使っている。

今も少しだけ法律に明るい公務員として失業もせず何とか生きていけるのは、Mに出会って彼女のそばにいたくて頑張った日々があったからだと、僕の人生に関わる恩人の一人として、心より感謝している。

もう会えないとは思うけど、体を大切にして長生きしてほしい。

そして、いつまでも元気で明るいMであってほしいと思っている。

来夢の思い出

1　ある記念日

　ふと窓の外を眺めてみると、白い粉雪が風に舞うように降っている。しんしんとかすかな音を立てて、時を刻んでいるかのように静かに降り続いている。来夢は、この風に舞う白い粉雪を見るといつも思い出すことがある。

　来夢は、いつものように学校から家に帰ってきた。そしてママと「ただいま」「お帰りなさい」の挨拶を交わした。ママはいつものように台所で食事の支度をしていた。

　でも、今日のママは美容室でも行ってきたのか髪を整えていて、素敵なドレスを着ていつもより少し綺麗に見えた。また、いつもより少し楽しそうだった。ママの背中から歌が聞こえてくるような様子だった。そして時々、時計に目をやり、少しそわそわしていた。

「何かいいことがあったの？」とママに聞いてみた。

「まだないけど、きっとこれからあるの」とママが静かに答えた。

「これから何があるの？」と聞くと、ママはしばらく目を閉じてから、ゆっくりと遠くを見つめるような目で昔話を始めた。

「今日はね、パパとママが一緒に生きていこうと決めた日なの。パパは昔エリートの商社マンで、二人が結婚することにお互いの両親も大賛成だったわ。みんなから祝福を受けて結婚する予定だったの。でも、パパの働いていた会社が急に倒産して、パパが無職になってしまったの。その当時パパはとてもプライドが高くて、また、精神的に脆いところがあったのね。次の仕事を探していたのだけど、いい仕事がなかなか見つからなくって、パパはだんだん自信をなくして自暴自棄になっていたわ。きっとママとも別れるつもりだったと思うわ。だって電話も留守電になっていたし、ママにも全然連絡もくれないし、ろくに家にも帰らず、毎日飲み歩いて酔いつぶれていたの。そんな日々が三ヶ月ほど続いたの。でもママは『パパがエリートだから好きになったわけじゃなくて、ありのままの優しくて温かいパパが好きになったのだし、今も大好きなの』という気持ちをどうしても伝えたかったの。その当時はママも若かったから、向こう見ずに行動したわ。白い粉雪が風に舞うようにしんしんと降り続く寒い冬の中、毛布一枚を持って、パパのアパートの前でパパの帰りをずっと待っていたの。ママは待ちくたびれて、いつの間にかそのまま眠っちゃったけど、目が覚めたらアパートの中にいて、パパがママの顔をじっと見つめていたわ。そして『これからもこんな自分を待っていてくれるのか?』と聞いたから、ママは『ずっと待っているわ』と答えたの。その時パパとママは一緒に生きていこうと決めたの。今日は、そういうパパとママの記念日なの」

ママがそんな昔話をしているとき、玄関のチャイムが鳴った。

「ただいま」と、いつものようにパパの声がした。来夢が玄関にパパを迎えにいくと、パパは手に大きな赤いバラの花束を抱えていた。いつの間にか来夢の後ろにママが立っていた。パパはいつもより少し緊張した声で「ママ、十年間ありがとう。これからも宜しく」と言った。

ママの頬はあっという間にリンゴのように赤くなり、目に涙を浮かべていた。

来夢はそんなパパとママを見て、パパとママを一人の男性と女性として、とても素敵に思った。


ふと窓の外を眺めてみると、白い粉雪が風に舞うように降っている。

しんしんとかすかな音を立てて、時を刻んでいるかのように静かに降り続いている。来夢は、この風に舞う白い粉雪を見ると、いつもパパとママの記念日の話を思い出す。

そしていつかパパとママのように二人の記念日を大切にしてお互いを思いやる

気持ちを忘れない、そんな風に愛する人と一緒に生きていきたいと思うのだった。

2　一人暮らしを始めて

来夢が中学生の時、パパが過労で倒れて入院した。パパはとても苦しそうだった。でも、来夢には何もできなかった。ただぼんやりとパパを見つめているだけだった。そんなとき、笑顔のとても優しい看護師がきびきびと働いていた。来夢は、そんな姿にあこがれた。

そして「いつの日か人が苦しいときに、こんな風に助けてあげられる看護師になろう」と心に決めた。

看護師の学校は、来夢の住んでいる近くにはなく、東京にある学校へ入学して一人暮らしをすることになった。

東京へ行く日の朝、パパは「やりたいことをやらずに後悔するよりも、失敗してもいいから自分の思うとおり精一杯頑張ってこい。途中で帰ってくるなよ」と言ってくれた。ママは「パパは、本当は来夢がいなくなるのが淋しいのよ。一人暮らしは大変だから、何か困ったことがあったら相談するのよ。そして、どうしても駄目になったら帰っていらっしゃい」と言ってくれた。パパとママの言葉が、今でも心に残っている。

一人暮らしを始めて最初の頃は、何もかもが新鮮だった。一人の開放感がたまらなく楽しかった。でもその新鮮さが失われてくると、淋しさを感じるようになった。学校から一人の部屋に帰ってきて、「ただいま」とつい声を出してしまう。でも、誰からの返事もない。最近、独り言を言うことが多くなった。

「疲れた」

「お休みなさい」

一体、誰に対して話しているのだろうか。来夢は行き詰まりを感じていた。

そんなとき、ママから電話があった。

「一人で淋しいでしょうけど頑張るのよ。夏休みには帰っていらっしゃい」

とママの声が心に響いた。

来夢は強がって見せた。

「もう……子供じゃないんだから。元気でやっているから心配しないで」

と、やっとのことで答えた。でも、その後の言葉が出てこなかった。何故だかわからないけど、涙が止まらなかった。パパとママと来夢の三人の生活。特別に贅沢な暮らしではなかったけど、優しく温かい家庭のぬくもりが恋しくてたまらなかった。ちょっと口うるさいけれど、いつも優しいママ、頑固で厳しいけど温かいパパ。いつも一緒にいて、何気ないささやかな暮らしの繰り返しだと思っていたけど、それがどれほど大切なものだったのか、今更ながら思い出された。来夢は家に帰りたくなった。

しばらく泣いた後「夏休みには元気で帰るから。それから泣いたこと、パパには内緒にしてね」とやっとのことで話した。ママは「わかっているわよ。じゃあ、またね」と答えてくれた。

来夢は思った。

「もう振り返るのはよそう。看護師になるために勉強すると自分で決めて、東京に来て一人暮らしを始めたのだから。そして夏休みにパパとママの家に帰るときには、元気ではつらつと生きている姿を見せたい。自分が選んだ生活を十分楽しんでいると伝えたい」

一人暮らしを始めて来夢が感じたことは、優しく温かい家庭のぬくもりの大切さだった。来夢は「いつの日か、パパとママのような優しく温かい家庭を持とう」と思った。

そして来夢は優しく温かい家庭のぬくもりを与えてくれたパパとママに、今更ながら深く感謝するのだった。

3　ジャンケンポン

パパとママがジャンケンポンをしていた。現実にそんなことがあったかどうかはよく覚えていない。でも来夢の記憶の中には、パパとママがジャンケンポンをしている、そんな姿が思い出として残っていた。

「ジャンケンポン。またあいこだ」
「ジャンケンポン。またあいこだ」

ある時パパに「どうしてジャンケンポンをするの？」と聞いてみた。

パパは「どうしてだろうね。きっと確かめたいんだと思うよ」と言った。

「何を確かめたいの？」と来夢が聞くと、パパは少し顔を赤くしながら話してくれた。

「パパはママのことをとっても愛しているんだ。だから今ママが何を考えているか、これからどうしたいのかを知りたい知りたいと思っていたんだ。ずっとママのことを見てきて、いろんなお話もして、やっとママの気持ちがほとんどすべてわかるようになったんだ。ママがグーでくるか。次にはチョキでくるか。パーを出したがっているか。パパの考えがあっているかどうか確かめたいんだと思うよ」

「そうなの、じゃあ勝たなくていいの？」と来夢が聞くと、パパは「負けたくはないけど、勝ちたくもないんだ。だからこれでいいんだ。来夢も、いつかこんな気持ちになると思うよ」

「ジャンケンポン。またあいこだ」
「ジャンケンポン。またあいこだ」

ある時ママに「どうして、ジャンケンポンをするの？」と聞いてみた。

ママは「どうしてでしょうね。きっと確かめたいんだと思うわ」と言った。

「何を確かめたいの？」と来夢が聞くと、ママは少し顔を赤くしながら話してくれた。

「ママはパパのことをとっても愛しているの。だから今パパが何を考えているか、これからどうしたいのかを知りたい知りたいと思っていたの。ずっとパパのことを見てきて、いろんなお話もして、やっとパパの気持ちがほとんどすべてわかるようになったの。パパがグーでくるか。次にはチョキでくるか。パーを出したがっているか。ママの考えがあっているかどうか確かめたいんだと思うわ」

「そうなの、じゃあ勝たなくていいの？」と来夢が聞くと、ママは「負けたくはないけど、勝ちたくもないの。だからこれでいいの。来夢も、いつかこんな気持ちになると思うわ」

「ジャンケンポン。またあいこだ」
「ジャンケンポン。またあいこだ」

どうして今頃になってパパとママがジャンケンポンをしている姿を思い出したのか、来夢には不思議に思えた。
でも、今ならパパとママの気持ちが少しわかるようになった。来夢には、今好きな人がいる。その人の気持ちを知りたいと思っている。そしていつしか心の中でジャンケンポンをしていた。子供の頃、パパとママが少し顔を赤くしながら話してくれたように。

あとがき

僕はMに出会う前、もともと本に関わる仕事をしたいと思っていました。

だから今こうして原稿を書いている時間さえも「Mから貰った時間」の一部と思って、一時一時をいとおしく感じながらMと僕との物語を作りました。

この原稿を書く機会を与えてくれた㈱文芸社に心から感謝申し上げます。

＊

追伸
古い年賀状を見返してみたら、別れた後も香澄から年賀状が届いていて、「今度、実家に帰ってきたら連絡して。会いたいですね。一緒に飲みましょう」と書かれていました。香澄はこんな僕のことを許してくれていたんだなって、少し心が救われた気がしました。この原稿を書くことで、香澄への気持ちも整理できたような気がします。

平成二十八年十月十五日

著者プロフィール

歌川 茂（うたがわ しげる）

1963年７月26日生
埼玉県出身
1983年３月埼玉県立浦和高等学校卒業
1988年３月中央大学法学部法律学科卒業
1988年４月埼玉県庁入庁
現在に至る

Mから貰った時間

2017年１月15日　初版第１刷発行

著　者　歌川 茂
発行者　瓜谷 綱延
発行所　株式会社文芸社
〒160-0022　東京都新宿区新宿１－10－１
電話　03-5369-3060（代表）
03-5369-2299（販売）

印刷所　株式会社フクイン

© Shigeru Utagawa 2017 Printed in Japan
乱丁本・落丁本はお手数ですが小社販売部宛にお送りください。

送料小社負担にてお取り替えいたします。

本書の一部、あるいは全部を無断で複写・複製・転載・放映、データ配信することは、法律で認められた場合を除き、著作権の侵害となります。

ISBN978-4-286-17814-1